Ati guarda un secreto
ISBN: 978-607-7481-43-0
1ª edición: 2018

© 2018 *by* Elena Laguarda, María Fernanda Laguarda y Regina Novelo
© 2018 de las ilustraciones *by* Paul Piceno
© 2018 *by* Ediciones Urano, S.A.U,
Aribau, 142 pral. 08036 Barcelona

Ediciones Urano México, S.A. de C.V.
Av. Insurgentes Sur 1722 piso 5, Col. Florida,
Ciudad de México, 01030, México.
www.uranitolibros.com
uranitomexico@edicionesurano.com

Edición: Valeria Le Duc
Diseño Gráfico: Laura Novelo
Ilustración de portada: © Paul Piceno
Diseño de cubierta: Joel Dehesa

Impreso en China – *Printed in China*

Ati guarda un secreto

Elena Laguarda • María Fernanda Laguarda • Regina Novelo

Ilustraciones de **Paul Piceno**

URANITO EDITORES
ARGENTINA - CHILE - COLOMBIA - ESPAÑA
ESTADOS UNIDOS - MÉXICO - PERÚ -URUGUAY - VENEZUELA

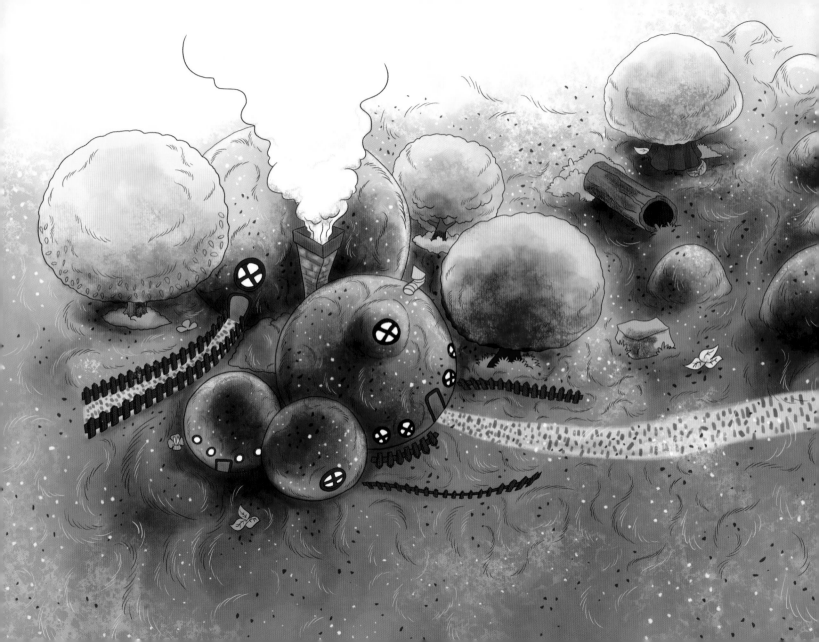

Cerca de los límites del mundo, más allá de las nubes, en un lugar de brillantes colores, Ati, el pequeño dragón estaba emocionado. ¡Al fin aprendería a volar!

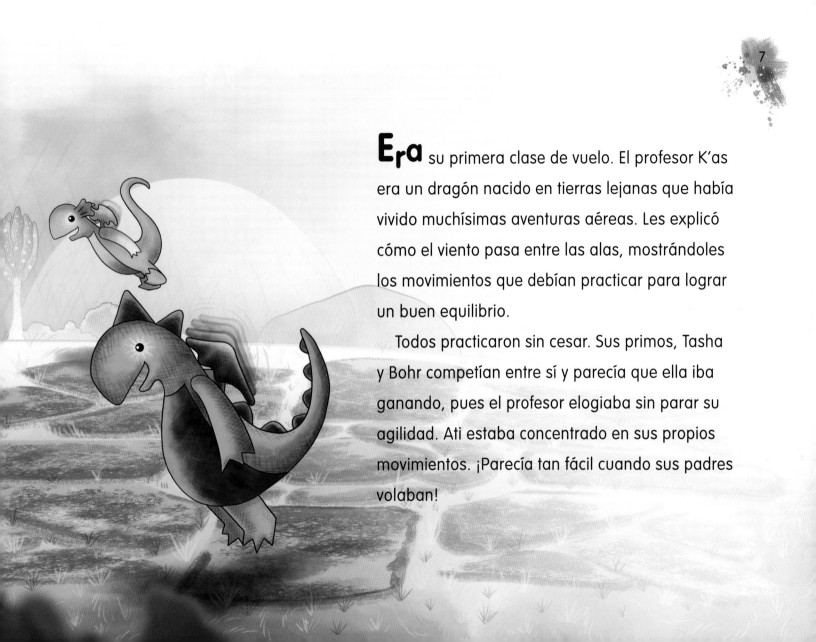

Era su primera clase de vuelo. El profesor K'as era un dragón nacido en tierras lejanas que había vivido muchísimas aventuras aéreas. Les explicó cómo el viento pasa entre las alas, mostrándoles los movimientos que debían practicar para lograr un buen equilibrio.

Todos practicaron sin cesar. Sus primos, Tasha y Bohr competían entre sí y parecía que ella iba ganando, pues el profesor elogiaba sin parar su agilidad. Ati estaba concentrado en sus propios movimientos. ¡Parecía tan fácil cuando sus padres volaban!

Ya en su cuarto, Ati comenzó a imaginarse haciendo piruetas, sus alas surcando las nubes bajo la mirada de su familia cuando se tirara del último peldaño de la piedra de lanzamiento. Su padre, estaría orgulloso y arrojaría fuego al aire. De pronto, se le ocurrió, ¿por qué no dibujarlo en esa enorme pared que tenía enfrente? Seguro les daría una linda sorpresa a sus papás.

Ati estaba concentrado en su fantasía, cuando su hermanita entró en la habitación.

—Etel, se me ocurrió una idea fantástica. He decidido hacer una pintura en esta pared, pero es un secreto. ¿Me ayudas?

La pequeña se emocionó tanto que corrió de un lado para el otro. Al verla, Ati se asustó. ¿Habría sido buena idea incluirla? Se paró frente a ella, pero en un segundo Etel trepaba por su espalda riendo a carcajadas.

—Tranquilízate, esto debe ser un secreto entre tú y yo, prométeme que no dirás nada —le dijo serio.

Etel asintió con una sonrisa.

Armados con lápices, los hermanos se pusieron a trabajar. Fue un trabajo duro, ya casi llegaba la hora de dormir cuando escucharon la voz de Mem:

—Pequeños, es hora de bañarse.

Ati se apresuró a guardar todo y echó una última mirada antes de cerrar la puerta. Etel salió disparada del cuarto, la hora del baño era una de sus favoritas.

A la mañana siguiente, Ati se levantó muy temprano y dejó recogida su habitación, salió de puntitas rumbo a la cocina y encontró a Etel desayunando.

—Recuerda hermanita, no dejes que mamá entre a mi cuarto, guarda el secreto —le dijo en un susurro—. Mamá, dejé todo recogido.

Su madre los miró sospechosa.

Los ejercicios de vuelo eran difíciles, todos se sentían torpes.

—En vez de dragones voladores parecemos sapos saltadores —comentó Tasha riendo.

Aun así, el profesor ponía a la dragoncita como ejemplo de lo que debían hacer. Tasha presumía sus escasos logros mientras Bohr la veía con envidia. Al final de la clase, el profesor despidió a sus alumnos; solo le pidió a la pequeña que se quedara.

—El profesor no tiene ojos más que para mi hermana y ni lo hace tan bien —expresó Bohr molesto—, me encantaría que me invitara a mí también.

Ati no le prestó mucha atención, su mente estaba puesta en el secreto que compartía con su hermana.

En casa, Etel no podía esperar más, sacó los pinceles y comenzó a pintar la pared. De pronto, escuchó la voz de su mamá. Fue de puntitas a la puerta recordando que era un secreto y al pasar frente al espejo, ¡se dio cuenta de que estaba completamente cubierta de pintura! Comenzó a reír a carcajadas. Mem, al escucharla, se asomó y quedó sorprendida, después esbozó una gran sonrisa.

Etel la tomó de la mano y la llevó a mirar su obra de arte.

A^{ti} llegó emocionado a casa y fue directo a su habitación.

—Yo tendría cuidado al entrar a tu cuarto, ¡ese lugar es toda una explosión de creatividad! —dijo su madre sonriendo.

Ati se quedó como piedra, no lo podía creer, ¡Etel había abierto el hocico y rompió su secreto!

Mem lo siguió a su habitación.

—Etel me traicionó, quería darles una sorpresa —se quejó Ati.

—Es todavía muy pequeña y no entiende que hay secretos que se guardan. Podemos cubrir la pared con una manta para sorprender a papá cuando la terminen.

Ati se quedó pensativo...

—No sabía que Etel no entendía de secretos —dijo mientras cubrían la pared.

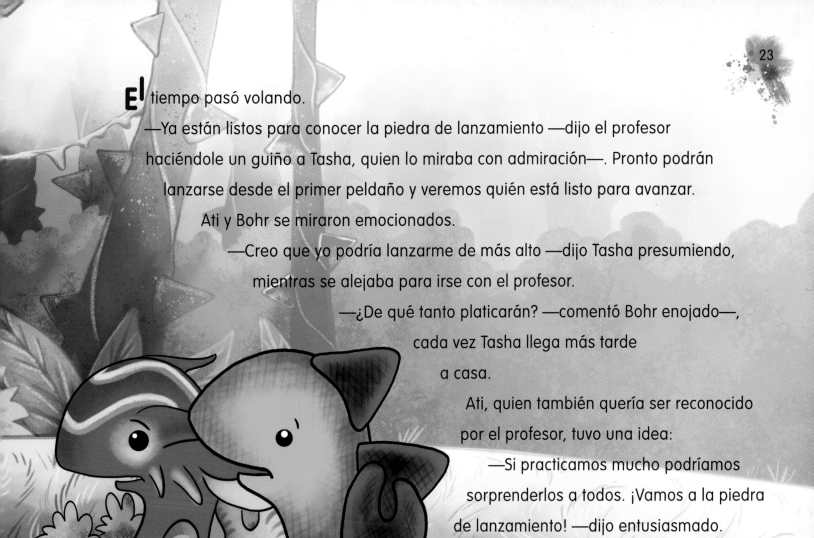

El tiempo pasó volando.

—Ya están listos para conocer la piedra de lanzamiento —dijo el profesor haciéndole un guiño a Tasha, quien lo miraba con admiración—. Pronto podrán lanzarse desde el primer peldaño y veremos quién está listo para avanzar.

Ati y Bohr se miraron emocionados.

—Creo que yo podría lanzarme de más alto —dijo Tasha presumiendo, mientras se alejaba para irse con el profesor.

—¿De qué tanto platicarán? —comentó Bohr enojado—, cada vez Tasha llega más tarde a casa.

Ati, quien también quería ser reconocido por el profesor, tuvo una idea:

—Si practicamos mucho podríamos sorprenderlos a todos. ¡Vamos a la piedra de lanzamiento! —dijo entusiasmado.

Bohr asintió. Le encantaba ese lugar.

Ati y Bohr no cabían en sí del asombro. Habían estado en la piedra de lanzamiento antes, pero siempre desde lejos, en el área de espectadores. La piedra era impactante, de cerca se veía majestuosa e imponía un respeto tan grande, que los dos se quedaron mudos un momento.

—¿Ese es el primer peldaño? —preguntó Bohr con voz temblorosa—, se ve mucho más alto desde aquí.

La piedra tenía varios escalones, el último no se podía ver pues se perdía entre las nubes. Se escuchaba el ruido de la cascada al caer en un pequeño lago desde donde el agua comenzaba su recorrido hacia los cenotes subterráneos. Solo los dragones más experimentados se lanzaban desde las alturas para volar en picada por debajo de la tierra y salir de nuevo a la superficie.

Ati estaba orgulloso de que su papá fuera uno de ellos. El pequeño quería ser como él.

LOS dragones subieron por un sendero muy empinado y resbaloso. De pronto, una sombra en el cielo los alcanzó. Al levantar la vista vieron al profesor K'as volando como ráfaga de viento por encima de sus cabezas. Arriba de él iba Tasha, aferrada a su lomo. Bohr trató de ocultarse en la maleza y resbaló lastimándose un ala. Ati lo alcanzó y lograron esconderse. Miraron sorprendidos cómo el profesor y su prima bajaban en picada hacia el fondo de la tierra.

—Ya entiendo por qué llega tan tarde mi hermana a casa —dijo Bohr con rencor mientras trataba de abrir su ala con cuidado. La tenía muy lastimada.

—Vamos con la abuela para que te revise —le sugirió Ati. Bohr negó con la cabeza.

—Si lo hacemos, no dejarán que me lance del peldaño, nadie tiene que saber que estuvimos aquí ni que me lastimé. Tendremos que guardar este secreto. Eres mi mejor amigo, no puedes contarlo —insistió Bohr.

Ati dudó por un segundo pero lo miró solidario; él sí comprendía que los secretos no se cuentan. Bajaron con cuidado para irse a casa.

En la clase, era muy difícil guardar el secreto de Bohr pues su ala estaba realmente lastimada. Aun así, el profesor K'as no lo notó por estar concentrado en algunas de sus alumnas; Tasha lo miraba cabizbaja desde lejos.

Al terminar la clase, por primera vez, su prima los alcanzó para irse con ellos.

—Tasha —se oyó la voz de K'as—, quédate un momento.

La pequeña miró a sus primos, iba a decirles algo cuando el profesor interrumpió.

—Tasha, ven.

La dragoncita obedeció y se dirigió hacia él.

Ati percibió que algo le pasaba a su prima, pero Bohr lo distrajo al pedirle ayuda para bajar por la pendiente y se olvidó de ello.

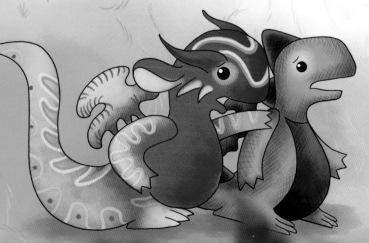

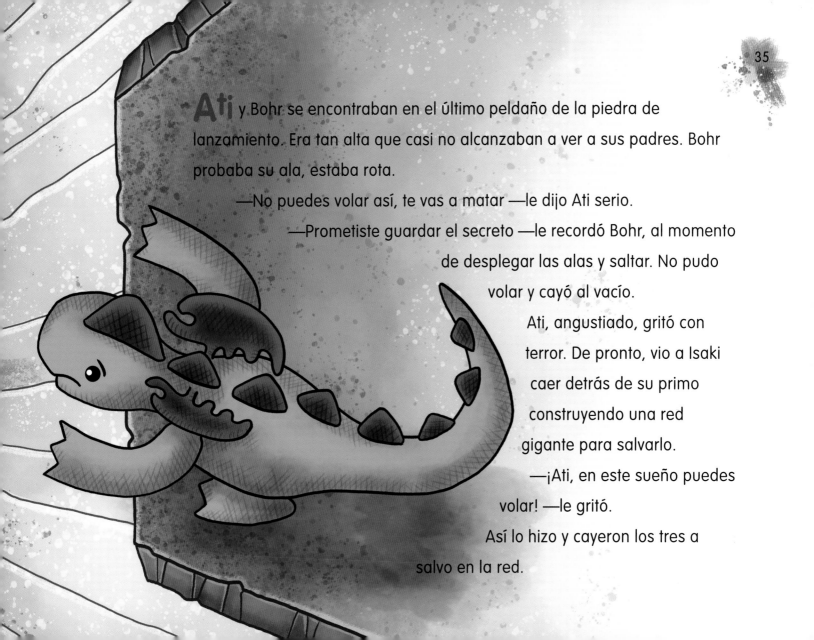

Ati y Bohr se encontraban en el último peldaño de la piedra de lanzamiento. Era tan alta que casi no alcanzaban a ver a sus padres. Bohr probaba su ala, estaba rota.

—No puedes volar así, te vas a matar —le dijo Ati serio.

—Prometiste guardar el secreto —le recordó Bohr, al momento de desplegar las alas y saltar. No pudo volar y cayó al vacío.

Ati, angustiado, gritó con terror. De pronto, vio a Isaki caer detrás de su primo construyendo una red gigante para salvarlo.

—¡Ati, en este sueño puedes volar! —le gritó.

Así lo hizo y cayeron los tres a salvo en la red.

—**Es** la quinta pesadilla que tienes sobre esto —
comentó Isaki mientras todo a su alrededor desaparecía
y se encontraban en su cama platicando—. ¿Cómo sigue
el ala de Bohr?

—Mal y nuestra prueba del primer peldaño es
pasando la luna llena. Me pidió que le guarde el secreto,
pero tengo miedo de que salga lastimado.

—Es un miedo real —le dijo Isaki—, tu primo corre
peligro si se lanza.

Ati despertó, tenía a su muñeco de rayas fuertemente
abrazado mientras escuchaba el eco de estas últimas
palabras.

Ati sentía un gran malestar, el secreto de su primo le daba vueltas en la cabeza.

—¿Estás nervioso por la prueba? —le preguntó Fillo al sentarse junto a él.

—¿Te puedes lanzar de la piedra si estás lastimado? —preguntó cauteloso Ati.

Su padre lo miró nervioso.

—No, nadie debe volar así. Hay muchas ráfagas de viento, es muy peligroso. Ati bajó la cabeza.

—Si hay alguien lastimado debes decirlo —sugirió Fillo.

—¿Aun cuando sea un secreto? —se atrevió a preguntar el dragón.

—No todos los secretos se guardan, pequeño, debes romper aquellos en los que alguien está siendo lastimado o se encuentra en peligro —le explicó su padre.

—Es Bohr —soltó en un susurro—, su ala está lastimada.

Su padre lo abrazó.

—Lo pondremos a salvo y podrá intentarlo después.

El pequeño se sintió aliviado en sus brazos.

Era el turno de Ati de lanzarse del primer peldaño. Entre los espectadores podía ver a su familia y a su primo Bohr muy enojado.

—Concéntrate, cuando cuente tres te lanzas —le indicó su profesor.

El corazón de Ati latió con fuerza. ¡Tomó impulso y voló! En tan solo unos instantes sus patas tocaron el piso torpemente y casi se cae, pero logró guardar el equilibrio. Segundos después, sintió como Tasha aterrizaba con gracia junto a él y se abrazaron emocionados.

Se acercaron a su familia entre felicitaciones y aplausos. El único que no sonreía era Bohr.

—Hola —le dijo Ati tímidamente—, pero su primo no le contestó.

El abuelo se acercó a ellos.

—¿Estás enojado con Ati? —le preguntó a su nieto.

—Es un chismoso, por su culpa no pude volar —dijo el dragón con coraje.

—Eso no es justo —dijo Papauchi—, Ati pidió ayuda para que no salieras lastimado.

Bohr, molesto, se fue con su mamá. El abuelo miró a Ati con ternura.

—A veces hacer lo correcto implica quedarte solo, ya se le pasará. Ati asintió con tristeza. Esperaba que su abuelo tuviera razón.

El profesor K'as evaluaba a sus alumnos. Parecía enojado cuando dijo:

—Todos aprobaron el examen, aunque les falta mucho para hacerlo ágilmente. Uno de ustedes no tuvo un buen aterrizaje y necesitará practicar conmigo. Ati sabía que se refería a él, por eso lo tomó por sorpresa cuando el profesor pidió a Tasha que se quedara. Su prima retuvo el aire.

—Yo vi que aterrizaste muy bien, fui yo el que casi se cae —le dijo Ati extrañado—. ¿Te va a llevar a volar de nuevo?

—¡Qué sabes tú de eso! —dijo nerviosa su prima.

—Bohr y yo te vimos volar con el profesor.

—No debes decirle nada a nadie, o me irá muy mal —lo sentenció Tasha. Promételo, por favor.

Ati estaba confundido y guardó silencio, mientras su prima se alejaba para alcanzar al profesor.

Esa tarde, Ati fue a visitar al abuelo.

—Quiero pasear contigo. ¿Por qué no me llevas a la piedra de lanzamiento? Podríamos volar hacia los cenotes —propuso—.

Papauchi lo miró extrañado.

—Me encantaría, pero sabes que está prohibido, ¿cierto? Es una caída muy peligrosa, no se puede llevar a nadie a cuestas. Ya tendrás edad para volar tu solo.

Ati reflexionó un momento.

—¿Ni siquiera los entrenadores pueden hacer eso?

—Un entrenador responsable jamás pondría en riesgo a un alumno —dijo con firmeza el abuelo. Si alguno rompiera una regla así, tendría que ser denunciado.

Ati guardó silencio. Ahora estaba seguro de que lo que había visto era un secreto malo, pero no quería perder a su prima también.

De regreso a casa, Ati no pudo evitar pasar por la piedra de lanzamiento. Estaba mirando el peldaño desde el que se había lanzado cuando vio al profesor que, con Tasha a cuestas, aterrizaba. Su prima bajó de su lomo y el profesor empezó a moverse de un lado al otro. El ruido de la cascada impedía que Ati escuchara, pero se veía al profesor manoteando y gritando enojado, mientras Tasha asustada trataba de alejarse. Repentinamente, K'as se alejó volando, mientras ella lloraba sin cesar.

—¡Qué pasa! —le preguntó Ati cuando la alcanzó.

—Le dije que ya no quería venir, pero me insiste. Me da miedo estar a solas con él... Agachó la cabeza y guardó silencio.

—Tenemos que decir lo que está pasando —le sugirió Ati.

—Es que no lo sabes todo... Dijo que si le digo a alguien nunca me dejarán volar... y, al principio, fui yo la que le pidió que viniéramos.

—Él no debió traerte. Mi abuelo no lo hubiera hecho aunque yo insistiera.

—Ati, tienes que guardarme el secreto. Además, ¿quién me va a creer? —completó con un hilo de voz.

—Yo te creo —le dijo Ati convencido—, no podemos guardar este secreto, es malo.

Tasha lo miró, había lágrimas en sus ojos.

—¿Se lo contamos a la abuela? —dijo dudosa.

Ati le tomó la palabra y la acompañó a hablar con ella.

La abuela pasó un largo rato hablando con Tasha; al final lo invitaron a sentarse con ellas.

—Ati, hiciste muy bien en acompañarla. No está bien que K'as, que rompió una regla y lastimó a tu prima, le pida que guarde el secreto —dijo cariñosa Tunga—, se necesita ser valiente para romper un secreto malo.

—¿Qué pasará ahora con el profesor? —preguntó Tasha preocupada.

—Ese ya no es tu problema, pequeña. Él tendrá que enfrentar las consecuencias de sus actos y tú aprender a volar sin miedo —dijo la abuela abrazándola.

Las cosas cambiaron a partir de ese día. Tasha se sintió mejor después de visitar varias veces al consejo de sabias.

El consejo decidió que de inmediato el instructor dejaría de darles clases. Poco después, en reunión con el dragón de los deseos, K'as fue desterrado a tierras inhóspitas.

A los pocos días, conocieron a Kira, su nueva maestra, una extraordinaria voladora.

En las siguientes semanas, Bohr recuperó totalmente el movimiento de su ala. Kira se quedó con él practicando para que pudiera presentar el examen del primer peldaño.

—Haré la prueba después de la media luna —le dijo con gran alegría a Ati.

Era la primera vez que le dirigía la palabra.

—Siento mucho haberme enojado contigo —dijo Bohr apenado—, yo hubiera hecho lo mismo.

Ati lo miró emocionado y esa tarde jugaron juntos otra vez.

Ati contemplaba la pintura terminada en su habitación. Ahí estaban volando desde el último peldaño; sabía que aún le faltaba mucho para volar desde tan alto.

Recordó todo lo que había pasado. No cabía duda de que había aprendido mucho; no sólo a ser valiente para volar, sino también para romper con los secretos malos. Estaba orgulloso de su pintura, había guardado este secreto bueno por mucho tiempo.

—¡Papá! —gritó emocionado.

Era tiempo de compartirlo con él.

ati
recomienda

"GUÁRDAME EL SECRETO", frase común que escuchamos desde niños. Aprendemos desde pequeños a no romperlos, a no traicionar al amigo, a no ser chismosos. Pero hay una diferencia entre un secreto bueno y uno malo, uno que se puede guardar y otro que se debe contar a un adulto confiable. Ati, a lo largo de esta historia, aprende que un secreto bueno nos hace sentir alegría, felicidad, emoción; en cambio, uno malo, miedo, angustia, culpa.

Cuando Bohr, el primo de Ati, le pide que guarde en secreto que su ala está herida, Ati quiere ser solidario con él, pero teme por lo que le podría pasar si vuela lastimado. Esto lo lleva a romper el secreto con su padre, quien le explica la diferencia entre ser chismoso y pedir ayuda. Ati se siente muy triste cuando Bohr le deja de hablar. El abuelo le explica que a veces hacer lo correcto nos lleva a quedarnos solos, pero que no será para siempre. Su primo, finalmente, entenderá que lo hizo para ponerlo a salvo.

La experiencia anterior le permite a Ati identificar que hay otro secreto malo: lo que está viviendo su prima Tasha con el profesor K'as. Este personaje recurre a las mismas estrategias que utilizan los abusadores en la vida real. La elige entre todos los dragones, la halaga constantemente, utiliza un lenguaje seductor para que acepte ir con él, la aleja del grupo para establecer una relación privilegiada, le dedica tiempo y la invita a romper las reglas: volar hacia el fondo de la tierra, cosa que solo los dragones adultos tienen permitido. Finalmente, la toma por sorpresa y la amenaza para que guarde el secreto. Incluso, la confunde haciéndole creer que fue ella la que insistió para que las cosas sucedieran.

Cuando los niños pequeños lean el cuento, no les quedará claro qué fue lo que sucedió entre Tasha y el profesor, pues en la historia no se especifica. Sólo el lector adulto y los niños más grandes podrán intuir que posiblemente se trata de un abuso. Esto es porque lo importante al hablar de prevención de abuso con los menores, es ayudarlos a crear habilidades para que identifiquen las señales que les permitan observar que se trata de una situación que no está bien o es de riesgo; en vez de generar paranoia hablándoles del abuso como tal y lo terrible que éste puede resultar.

Ati invita a Tasha a romper el secreto, pero ella tiene miedo de que nadie le crea o que la consideren culpable. Finalmente, deciden ir con la abuela y platicarle todo lo que sucedió. La abuela resulta ser un adulto confiable que los escucha, les cree y les ayuda.

El consejo de sabias se reúne y destierran al profesor por la gravedad de lo que hizo, dejando claro que los adultos confiables protegen a los niños y los adultos que rompen reglas tienen consecuencias.

Al final del cuento, Ati comparte con su padre el secreto sobre la pintura que hicieron para él, enviando el mensaje más importante de todos: los secretos siempre se pueden compartir con nuestros adultos confiables.

Elena Laguarda

María Fernanda Laguarda

Regina Novelo

Forman parte de Asesoría educativa y prevención, asociación que dedica su esfuerzo al trabajo en el tema de sexualidad con niños, adolescentes y adultos. Para Ati es fundamental que los menores adquieran herramientas para identificar y prevenir cualquier tipo de abuso, incluyendo el sexual, y que desarrollen habilidades para afrontarlo y buscar ayuda. El cuento es una maravillosa forma para llevarlo a cabo.

www.sexualidadati.com
ayudati@sexualidadati.com